RÉPONSE

A

M. PRÉVOST-PARADOL

DÉFENSE

DU

FILS DE GIBOYER

PAR

M. ÉMILE FERRIÈRE

PARIS

E. DENTU, LIBRAIRE-ÉDITEUR

PALAIS ROYAL, 13 ET 17, GALERIE D'ORLÉANS.

1863

PARIS

IMPRIMERIE DE L. TINTERLIN ET Cᵉ

Rue Neuve-des-Bons-Enfants, 3

RÉPONSE

A

M. PRÉVOST-PARADOL

DÉFENSE

DU

FILS DE GIBOYER

PAR

M. ÉMILE FERRIÈRE

PARIS

E. DENTU, LIBRAIRE-ÉDITEUR,

PALAIS-ROYAL, 13 ET 17, GALERIE D'ORLÉANS

1863

A MONSIEUR PRÉVOST-PARADOL

RÉPONSE A LA CRITIQUE DU FILS DE GIBOYER

(Revue des Deux-Mondes, 1ᵉʳ janvier 1863.)

I

Tant que la comédie de M. Émile Augier n'a fait qu'exciter les colères et les injures des gazettes cléricales, on s'en est peu ému ; mais voilà que vous apportez au camp ennemi le concours d'un style brillant et d'un caractère estimé, la chose devient sérieuse. Je me propose de répondre à toutes vos critiques en suivant l'ordre même que vous avez adopté ; et si je ne réussis pas à réfuter, dans tous les points, votre réquisitoire aussi clairement que j'en vois la faiblesse, c'est que ma plume inhabile aura trahi mon esprit.

M. MARÉCHAL.

« Il y a de notre part une extrême générosité à récla-
« mer tout d'abord en faveur de M. Maréchal, puisque, si
« l'on prend M. Émile Augier au mot sur le moment où
« se passe l'action et sur les fonctions attribuées à ce per-
« sonnage, ce ne serait rien moins, dans l'intention de
« l'auteur, que l'image fidèle du député français au Corps
« législatif... La nullité de M. Maréchal, sa sottise, sa va-

« nité, sont hors de proportion avec tout ce que nous pou-
« vons connaître, et si l'histoire jette un regard sur cette
« comédie pour y apprendre quelque chose de notre état
« social et de nos mœurs, elle dira qu'en créant M. Maré-
« chal l'auteur a trouvé moyen de forcer la vérité et de
« trop charger son modèle. » *Prévost-Paradol.*

Où avez-vous vu que l'intention de l'auteur était de faire
de M. Maréchal *l'image fidèle du député français?* Maréchal n'est pas plus l'image du député français que celle de
la bourgeoisie. Il est le type, non d'un genre tout entier,
mais d'une famille assez nombreuse que tout le monde connaît. En Angleterre, Maréchal est un *Snob;* en France,
c'est le *Jourdain moderne,* plein de millions et de vanité.
Il n'est pas besoin d'être député pour être un Maréchal;
fermier, industriel, financier, Maréchal est et sera toujours
le même. Les situations ne font pas le caractère ; elles sont
le cadre où se développe ce caractère. Être député est une
situation ; Maréchal parle et agit dans cette situation comme
il devait le faire. C'est le sot enrichi qui court là où sa vanité espère trouver un piédestal. Hier légitimiste, aujour-
d'hui démocrate, demain il sera bonapartiste ; quitte à
tourner ailleurs l'aile de son moulin si de ce côté ne souffle
pas le vent. Quant au discours appris et récité, il y a là,
sans doute, une flèche décochée contre quelqu'un ou quelques-uns ; mais en quoi ce trait unique fait-il de M. Maréchal l'image du député français? M. Keller ni la bourgeoisie ne sont peints dans Maréchal ; et la contradiction même
où l'on tombe en faisant à la fois de ce personnage le portrait d'un individu et le type d'une classe tout entière, met
à néant cette double critique.

LE MARQUIS D'AUBERIVE.

« Le marquis d'Auberive est un peu léger pour être le
« meneur d'un grand parti : il mène la pièce après tout,

« et c'est là son excuse; mais son tort véritable, à nos
« yeux, c'est de dire trop souvent et de crier trop haut
« qu'il est le père de Madame Maréchal. On croirait qu'il
« se défie de notre intelligence trop bourgeoise, et qu'il
« s'épuise à nous faire comprendre cette paternité irrégu-
« lière, tant il met d'insistance à nous la déclarer avec les
« expressions les plus variées et les plus claires. Ce n'est
« malheureusement pas un miracle que de se trouver par-
« fois le père des enfants d'autrui; le vrai miracle serait
« de l'afficher par sa conduite et de s'en vanter à tout
« propos. »

La marquis d'Auberive ne se vante pas à tout propos
d'être le père de Fernande. Toutes les fois qu'il parle de
cet *enfantillage*, c'est en manière d'épigramme à l'adresse
du sot Maréchal et du Comte qui ne le comprennent pas.
Et les épigrammes reviennent si naturellement et si à propos, que, loin de blesser le spectateur dans sa *bourgeoise*
intelligence, elles excitent le rire universel. Le marquis
d'Auberive est de la race des grands seigneurs d'autrefois,
libertins, spirituels, assaisonnant d'esprit leurs imperti-
nences. C'est ainsi que les Mémoires et le théâtre des
siècles derniers nous représentent les Richelieu, les
marquis de Moncade. Ce que je reproche à M. Émile Augier, c'est d'avoir trop laissé dans l'ombre le marquis
d'Auberive, après avoir fait peser sur lui tout le poids du
premier acte. Il y a là un défaut de proportion; défaut, du
reste, qui ne touche en rien au caractère du marquis.

LE COMTE D'OUTREVILLE.

« Il n'y a rien à dire de M. d'Outreville, que le mérite
« incontestable et inattendu d'un acteur a fait valoir peut-
« être plus que de saison. Il suffit pourtant de regarder et
« d'entendre ce séminariste déclassé, pour sentir que
« M. Émile Augier connaît mal cette partie de notre jeu-

« nesse qu'il est censé avoir voulu peindre. M. d'Outre-
« ville ne ressemble pas plus à un des jeunes Français qui
« ont combattu à Castelfidardo, que M. Maréchal ne rap-
« pelle M. Keller, ou que la baronne Pfeffers ne donne la
« moindre idée de madame de Schwetchine. »

Ici la critique est fondée. Les séminaristes à la façon du
comte d'Outreville sont peu communs : il fallait un type
qui eût plus d'extension. En outre, le caractère du Comte
est faussé par le refus qu'il fait d'épouser Fernande. Un
hobereau, surtout s'il a été nourri dans le giron de M. de
Sainte-Agathe, n'a pas de ces délicatesses. Il épouse *quand
même*, pourvu que la honte soit couverte de pièces d'or.
Un millionnaire escroc trouvera toujours pour gendre un
prince ou un marquis ruiné. Le gentilhomme, au dix-sep-
tième siècle, appelait cela *fumer ses terres*. M. Émile Augier
a une revanche à prendre. Ce serait un beau sujet de comédie que celui du comte de Castelfidardo.

MAXIMILIEN.

« Pour un docteur ès-lettres, Maximilien est d'une mo-
« bilité bien extraordinaire dans ses opinions, et ses con-
« versions naïves sont d'une affligeante facilité... A l'âge
« où est arrivé Maximilien, avec l'éducation que M. Augier
« lui a donnée et avec l'honnête sincérité qu'on lui suppose,
« on n'est pas à la merci d'un livre ou d'un discours, sur-
« tout lorsqu'on a lu, comme Maximilien a dû le faire, de-
« puis Périclès et Cicéron jusqu'à Burke et Mirabeau, d'au-
« tres discours et d'autres livres que ceux de son père
« Giboyer. A cet âge et après cette éducation vigoureuse,
« une opinion politique est entrée dans le cœur et dans le
« sang, et elle ne peut être arrachée qu'avec la vie : non
« pas qu'on ne puisse passer, avec le temps et l'expérience,
« d'une nuance à une autre dans le sein de la même opi-
« nion ; non pas qu'on ne puisse, par exemple, être indiffé-

« remment légitimiste comme M. Berryer, orléaniste
« comme M. Thiers, ou républicain comme le général Ca-
« vaignac. Ce ne sont là que diverses façons de vouloir et
« d'appliquer la même chose ; mais ce qui est impossible,
« c'est de passer en un instant, comme le fait Maximilien,
« de l'école des gouvernements libres à l'école des gouver-
« nements absolus ; c'est de croire aujourd'hui que les peu-
« ples doivent se gouverner eux-mêmes, et le lendemain
« qu'ils doivent être gouvernés par un maître. Un change-
« ment de ce genre est parfaitement inconciliable avec les
« lumières et le caractère que M. Augier a prêtés à Maxi-
« milien : ce serait l'indice d'une intelligence faible ou
« folle. »

Si Maximilien avait réellement changé d'opinion après
la lecture d'un seul discours, votre critique, Monsieur,
serait irréfutable. Mais qu'il est loin d'en être ainsi ! Il est
arrivé à Maximilien ce qui nous est arrivé à nous tous qui
travaillons et cherchons la vérité avec bonne foi. Notre
conviction est faite ; toutes les objections ont été réfutées,
croyons-nous, lorsque tout à coup un nouvel argument,
présenté sous une forme captieuse, vient surprendre notre
intelligence. Nous éprouvons alors comme une espèce de
trouble qui ne nous permet point de découvrir sur-le-
champ le vice du raisonnement. Est-ce à dire pour cela que
nous avons abandonné nos premières convictions ? Non,
certes. Mais notre raison a trop de sincérité pour se dissi-
muler la force apparente de l'objection. Il se fait en nous,
pour ainsi dire, un dialogue entre deux personnages ; d'un
côté, la théorie ancienne ; de l'autre, l'objection nouvelle.
Et ce débat intérieur dure jusqu'à ce que notre raison ait
enfin démasqué le sophisme. Si au moment du travail cé-
rébral survient un ami qui partage nos convictions, nous
faisons tacitement appel à ses lumières en lui opposant la
redoutable objection, et nous la défendons contre lui afin
que de la discussion jaillisse un éclair révélateur. Voilà

précisément ce qui se passait dans l'âme de Maximilien après qu'il eut copié le discours de Maréchal ; et cet état de son âme, il le décèle dans ce dialogue, acte III, scène II :

MAXIMILIEN. — Ce discours me trouble beaucoup, Monsieur ; il m'irrite.

MARÉCHAL. — Il vous irrite ?

MAXIMILIEN. — Comme tous les raisonnements auxquels on ne trouve rien à répondre, et contre lesquels proteste pourtant le sentiment intime.

MARÉCHAL. — Vous avez dit qu'il n'y a rien à répondre ? ça me suffit.

MAXIMILIEN. — C'est surtout la seconde partie qui est d'une grande force.

MARÉCHAL. — Ah ! oui.

MAXIMILIEN. — J'avoue que j'ai besoin de rassembler mes idées pour les défendre d'une attaque aussi vive.

C'est avant le dénouement de cette crise intérieure que les touchantes confidences de Fernande viennent allumer dans son cœur le feu d'un secret amour. Cet amour, que Maximilien veut en vain se cacher à lui-même, Giboyer l'a sur-le-champ deviné. Dans son dépit, Maximilien ne discute pas : il affecte d'épouser la thèse haïe et méprisée par Giboyer pour blesser celui-ci et lui faire payer, par de vives piqûres, la peine de sa perspicacité. Un mouvement de mauvaise humeur fait pour un instant de Maximilien l'avocat sans bonne foi d'une détestable cause : il n'y a rien là qui sente la désertion des anciens principes. Aussi lorsque le fils a reconnu son père et que l'orage s'est apaisé, la sincérité reprend son empire dans l'âme du jeune homme ; sa raison, guidée par celle de Giboyer, découvre enfin la faiblesse du discours. Il le réfute lui-même ; et la réfutation, récitée à la Chambre, permet à Maréchal de parler de ses millions et de sa gloire. Cette investigation consciencieuse de la vérité, ces nobles scrupules d'un esprit sincère, loin d'avilir le caractère de Maximilien, lui donnent un cachet plus profond de beauté morale et de vérité psychologique.

FERNANDE.

« Tout le monde souffre de voir |Fernande, cette jeune
« fille si clairvoyante à l'égard des amours supposées de
« sa belle-mère et de Maximilien, bien qu'on nous déclare
« expressément plus tard qu'elle était incapable de com-
« prendre jusqu'où les choses pouvaient aller et de s'indi-
« gner en pleine connaissance de cause. Le premier soir,
« lorsque la trop savante jeune fille a dit enfin, en parlant des
« amours platoniques de sa belle-mère : « Et que pourrait-
« elle davantage? » Un soupir de soulagement a paru s'é-
« chapper de toutes les poitrines ; mais il était trop tard,
« comme on dit en temps de révolution : l'impression péni-
« ble était produite, et les spectateurs s'étaient sentis mal à
« l'aise trop longtemps. »

Eh quoi! vous reprochez à Fernande d'avoir semblé
croire qu'une épouse pouvait trahir son devoir. Dans quel
désert inhabité pensez-vous qu'a vécu cette jeune fille ?
Fernande est à Paris ; elle est riche, et la richesse crée les
loisirs. Si elle ne lit plus de romans, certainement elle en
a lu : voilà une première initiation aux mystères du monde.
Elle va au théâtre : c'est encore pis. Le répertoire ancien
fourmille de Georges Dandins ; les comédies modernes ont
un thème presque unique qu'elles varient de mille ma-
nières : l'amour et les amants. En visite chez ses amies, on
lui a chuchoté plus d'une fois à l'oreille l'enlèvement de
Madame X. ou les visites furtives de Madame Z. à un lo-
gis mystérieux. C'est chose si douce, entre deux disserta-
tions sur la nuance d'un ruban et la coupe d'une robe, de
manger un peu du prochain ! Puis, de temps à autre, c'est
un procès scandaleux qui fait explosion et devient le sujet
de toutes les conversations. Sans doute Fernande gémit et

s'indigne de ces infractions au devoir ; mais elle ne peut pas *ignorer* qu'une femme mariée peut violer son serment. Ce que je reproche à M. Émile Augier, c'est d'avoir amoindri Fernande en lui prêtant une ignorance aussi absurde que chimérique. Privée de la tendre sollicitude d'une mère, en butte à la haine de sa marâtre, elle a dû observer et profondément réfléchir. Rien ne mûrit plus vite l'intelligence que la rude école du malheur. « Il ne faut pas me juger « comme une autre, dit-elle à Maximilien. Mon enfance n'a « pas été couvée par une mère ; elle a grandi seule avec le « sentiment de l'abandon et l'instinct sauvage. A l'époque « où l'enfant commence à s'appuyer sur le père, une « étrangère survint entre le mien et moi ; je compris que « mon protecteur se livrait, et je le sentis menacé..... « Dans quoi ? je n'en savais rien ; mais ma tendresse ja- « louse devint une clairvoyance. Vous aviez raison de me « plaindre, Monsieur ; j'ai vécu dans une souffrance au- « dessus de mon âge, une souffrance d'homme et non de « jeune fille. Il s'est livré dans ma tête des combats qui « ont, pour ainsi dire, changé le sexe de mon esprit. A la « place des délicatesses féminines, il s'est développé en « moi un sentiment d'honneur viril ; c'est par là seulement « que je vaux, et je vous donne une grande preuve de mon « estime en vous expliquant mes droits étranges à la « vôtre. » (*Acte III, scène XIV.*)

Fernande persécutée n'est plus une jeune fille pour qui le monde est une vaste bergerie ; c'est une femme éprouvée qui voit la société sous son véritable et affligeant aspect. Il est impossible qu'elle croie madame Maréchal capable de se borner à commenter Platon. Les secrétaires ont lu l'inévitable première page du philosophe grec, oui ; mais ils ont dû tourner le feuillet, « ce qui n'a pas nui à leur carrière. » Voilà ce que la logique de la situation et de l'éducation de Fernande commandait qu'elle soupçonnât. Du reste, Monsieur, votre critique ne m'étonne point. Il règne aujourd'hui un singulier préjugé : toute jeune fille qui, au jeu du corbillon, ne répond pas *tarte à la crême*, est regardée comme flétrie dans sa fleur de pudicité. Si l'on osait, on crierait *haro !* sur la plus chaste et la plus noble des femmes créées par Molière, l'Henriette des *Femmes savantes*. Voilà où mène la confusion entre l'ignorance et la chasteté. La chasteté *connaît*, mais s'abstient et condamne parce que le devoir ordonne de condamner et de s'abstenir. L'ignorance n'est ni chaste ni impure, parce que, ne connaissant pas le devoir, elle n'a ni le mérite de l'accomplir ni la honte d'avoir manqué à ses lois. Elle a ce désavantage sur la chasteté, qu'elle peut, sans le vouloir, se laisser aller aux actions les plus coupables. Il y a deux siècles que, dans l'*Ecole des Femmes*, Molière faisait justice de cette fausse idée qu'on se fait de la pudeur virginale, et de cette pruderie en dehors de la nature et de la vérité.

LA BARONNE DE PFEFFERS.

« La baronne de Pfeffers est peut-être le mieux réussi
« de tous ces personnages.... si l'on consent à le prendre
« simplement pour le portrait de l'intrigante. La scène du
« bracelet est spirituelle dans sa hardiesse ; mais elle a un
« terrible défaut, c'est de rappeler indirectement *Tartuffe*,
« et il suffit de cette grande ombre involontairement évo-
« quée pour réduire aux proportions les plus mesquines la
« scène, l'action, les personnages, tout ce qui pouvait un
« instant nous intéresser ou nous émouvoir. »

Et d'abord, où est cette grande analogie entre la scène de *Tartuffe* et celle du *Fils de Giboyer*? Tartuffe palpe « les étoffes moelleuses » d'Elmire, malgré elle et à son grand dégoût, parce que sa passion brutale l'entraîne. La baronne Pfeffers, pour séduire le jeune vicomte qui porte d'azur à trois besants d'or, lui montre un bras nu fait au tour. Quelle est donc cette frappante ressemblance entre les attouchements grossiers d'un libertin et une scène de séduction ? Allons plus loin. Supposons qu'entre les deux scènes il y ait autant de ressemblance qu'en réalité il y en a peu ; serait-ce une raison pour ravaler ainsi le piquant manége de la baronne ? Eh quoi ! l'on ne pourra pas rire des *Précieuses ridicules* parce que l'on songera aux *Femmes savantes ?* On jettera au feu la petite pièce parce que la grande est bien plus belle ? Il suffira qu'un chef-d'œuvre ait été composé pour qu'on interdise toute situation qui aura quelque analogie avec une situation connue ? Soyons plus indulgents : il y a place pour tout le monde au soleil. Le devoir du poëte comique est d'étudier les mœurs de ses contemporains. Si la scène de *Tartuffe* se joue encore aujourd'hui dans les salons du Faubourg Saint-Germain, je ne vois pas pourquoi M. Émile Augier ne la remettrait pas au théâtre. Tant pis pour lui s'il reste inférieur à Molière ! Mais de même que les *Précieuses ridicules* me font rire malgré le souvenir des *Femmes savantes,* de même la baronne Pfeffers m'amuse malgré le souvenir de Tartuffe. Que les uns le cèdent aux autres au point de vue de l'art, d'accord ! Mais ni la baronne de Pfeffers, ni les *Précieuses ridicules* ne sont *chose mesquine.*

GIBOYER.

« Giboyer est le véritable héros de la pièce ; mais quel-
« ques situations dramatiques et l'art touchant du comé-
« dien qui le fait vivre ne suffisent point pour cacher ce
« qu'il y a d'inadmissible dans les contradictions d'un tel
« caractère. On sent à chaque instant que cet homme
« n'existe pas et qu'il ne peut exister. Quand on est capa-
« ble d'écrire des discours qui convertissent les gens en
« une matinée et des livres qui les déconvertissent une
« après-midi ; quand on a des convictions politiques, de l'é-

« loquence et presque du génie, on ne lèche la boue sur le
« chemin de personne, pas même sur le chemin d'un fils ;
« on n'attend pas que ce fils vous donne le conseil d'aller
« vivre avec lui dans un grenier pour lui apprendre par
« votre exemple à vivre en honnête homme : on se donne
« ce conseil à soi-même, ou plutôt on n'a pas besoin de se
« le donner, il vient tout seul, il coule de cette même source
« de laquelle sont censés jaillir vos talents, votre convic-
« tion, votre dévouement à vos idées et à votre cause. Gi-
« boyer, grand philosophe politique et vil auteur de bio-
« graphies, démocrate convaincu et insulteur stipendié de
« ceux qui pensent comme lui, écrivain infâme et père
« sublime, appartient à cette famille chimérique de ver-
« tueux criminels et de saintes prostituées qui croît et mul-
« tiplie depuis une trentaine d'années sur la scène et dans
« le roman. Il n'y a pas trois mois qu'on nous montrait la
« mère infortunée de Cosette se promenant sur la place de
« M. sur M. pour gagner la vie de sa fille ; mais j'ose dire
« que ce spectacle était moins contraire aux lois de la na-
« ture et blessait moins la raison que la vue de ce prétendu
« Montesquieu de la démocratie « léchant la boue » sur le
« chemin de son fils. Sans qu'il soit besoin d'insister sur
« cette différence, tout le monde sent que la femme réduite
« à vendre son corps serait encore moins embarrassée de
« mettre son âme à part de sa misère et de la garder rela-
« tivement saine que le misérable qui, écrivant contre ses
« opinions et contre ses amis, vend sa parole et sa pensée
« avec sa plume, c'est-à-dire tout ce qu'il est possible à
« l'homme de vendre de lui-même ici-bas. A ce degré
« de mensonge et d'avilissement, aucune vertu, encore
« moins un héroïsme, n'est possible. Nous connaissons tous
« quelques-uns de ces malheureux : nous fera-t-on jamais
« croire que leur cœur puisse battre pour autre chose que
« leur salaire ou les passions basses inhérentes à leur mé-
« tier ? Une belle action de la part d'un de ces hommes,

« commise à la lumière du soleil ou constatée par des té-
« moins irrécusables, serait faite pour troubler la cons-
« cience universelle et pour ébranler la foi des sages dans
« les lois de l'ordre moral. »

Dépouillé des ornements d'un admirable style, tout
votre raisonnement se résume en ces mots : « Un homme
qui s'est vendu ne peut pas avoir une seule vertu ; le vice
stérilise l'âme, il est contradictoire que dans une âme vi-
ciée, il y ait un bon sentiment. » Ce ne serait pas chose
difficile, en compulsant la *Gazette des Tribunaux*, de vous
accabler sous une foule d'exemples qui ruinent votre affir-
mation. On y voit des misérables, souillés d'escroqueries,
de vols et d'assassinats qui, dans le cours de leur crimi-
nelle carrière, ont sauvé plus d'une victime, soit des eaux
d'un fleuve, soit des flammes de l'incendie. Ils l'ont fait au
risque de leur vie, gratuitement, sans autre désir que celui
d'arracher un de leurs semblables à la mort. M. Canler,
dans ses Mémoires, cite un forçat libéré nommé Jadin,
qui, par pitié pour un camarade sans vêtement, s'intro-
duisit dans une chambre où s'habillait une pauvre ser-
vante, lui prit son linge, puis la tua pour étouffer ses cris
d'alarme. Ainsi, voilà un homme qui, mû par le plus beau
des sentiments, la *charité*, vole et assassine. Je vous défie
d'expliquer cet homme avec votre théorie.

« Dans un homme corrompu rien de bon ne peut ger-
mer. » Au nom de sa vénalité, vous niez à Giboyer sa vertu, et parce qu'il a vendu sa plume, le Montesquieu de la
démocratie est condamné à ne pouvoir aimer son fils. Vous
avez, Monsieur, confondu deux choses distinctes : les vices qui naissent d'une situation accidentelle, et par cela
même sont *contingents* ; et les vertus, ou pour mieux dire,
les bons instincts, apanage *nécessaire* du cœur humain :
tels sont la sociabilité, et surtout l'amour paternel ou maternel : celui-ci même nous est commun avec les animaux.
Les vices *acquis* peuvent se perdre et surtout ne point

s'acquérir. Le cœur humain, par cela même qu'il est cœur *humain,* ne peut pas abdiquer ses instincts, et surtout perdre la puissance de les faire refleurir quand les tempêtes de la vie les ont momentanément flétris. Ces instincts, c'est lui-même. Tel est l'axiome de psychologie. Et c'est parce qu'il en est ainsi que le *repentir* est possible. Il suit de là qu'il n'y a pas de contradiction à ce que le cœur ait à la fois un vice qu'il a acquis, et un instinct vertueux qui est une partie nécessaire et intégrante de lui-même. Pour comprendre Giboyer, il faut, par un effort d'imagination et de sympathie, recomposer sa vie entière.

Giboyer est né avec des passions et une intelligence. La loi de l'homme est d'aspirer au bonheur, c'est-à-dire de satisfaire ses passions dans les limites de la justice. Giboyer, maître d'étude, est réduit à user sa vie dans le travail le plus rude et le plus fastidieux. Et quelle perspective! si cet enfer avait une borne, dix ans, vingt ans, il souffrirait dix ans, vingt ans sans faiblir ; mais être condamné à perpétuité à ces galères de l'enseignement, sans famille, sans affection, et pour tout lit de mort ne voir dans l'avenir que le lit de l'hôpital ; et cela, quand l'intelligence, développée par l'instruction, fait sur l'inégalité des conditions les réflexions les plus amères ; quand le talent, comprimé par le poids de la misère, s'épuise en efforts inutiles pour s'épanouir au soleil, oh ! alors il se livre dans l'âme de terribles combats. Les stoïques restent victorieux ; mais les autres...! La plupart demandent aux jouissances grossières l'oubli de leur poignante misère : ils s'abrutissent, mais ils gardent encore une probité négative. D'autres courent *perfas* et *nefas* à la conquête du roi de la terre, l'*argent.* Une fois sur la pente du déshonneur ils roulent jusqu'au fond de l'abîme. C'est ainsi que Giboyer a succombé, et c'était pour nourrir son père ! Il a acquis un vice, parce qu'il avait un instinct vertueux, l'amour filial : ce vice et cette vertu ont donc pu exister ensemble, puisque la vertu a été la cause occasionnelle du vice. Malheureusement un premier pas fait dans le vice en entraîne un second, et l'on va accumulant faute sur faute. Certainement Giboyer eût pu, après la mort de son père, laisser son cœur se faner au souffle du désespoir. C'est une grande intelligence qui a le sentiment de sa dégradation ; mais c'est une âme faible et brisée qui n'a pas la force d'en sortir parce que se voyant seul et maudit, il se dit : *A quoi bon* ? La naissance d'un fils vient ranimer la chaleur de ce cœur engourdi ; la nature se réveille et reprend ses droits.

« Savez-vous, dit le Marquis, qu'il vous est poussé de grandes délicatesses depuis que je ne vous ai vu ? — Il vous en poussera tout autant quand vous serez père. » L'amour paternel trace à cet homme déshonoré une ligne de conduite aussi logique que conforme à son caractère. Il a senti qu'avec une conscience irréprochable il aurait pu devenir un soldat de la vérité. Ce qu'il ne peut plus être, il faut que son fils le soit. Ce sera *lui-même*, recommençant sa carrière avec ses vertus et son expérience pures de toute souillure et de toute profanation. Ecoutez ses cris de douleur quand il croit que Maximilien passe à l'ennemi : « Ma vie se déroberait sous moi pour la seconde fois ?... « Méprise-moi, marche sur moi, je ne compte plus ; mais « rends-moi la droiture de ton esprit qui est le fondement « de mon édifice, ma réhabilitation à mes propres yeux, « ma résurrection ! » Ce sont précisément, direz-vous, ces sentiments-là qui rendent invraisemblable sa vénalité, continuée après la naissance de son fils. Hélas ! ce n'est que trop facile à expliquer. « Quelle cause, s'est dit Giboyer, m'a fait tomber dans la fange ! la misère. Il faut donc écarter la misère des pas de mon fils. Comment faire pour avoir l'argent libérateur ? me vendre. C'est infâme, il est vrai ; mais je suis perdu. La société est ainsi faite qu'elle ne vous laisse plus rentrer une fois qu'on est sorti de l'île sans bords de l'honneur. Je suis à jamais exclu de l'estime des honnêtes gens. Une infamie de plus ou de moins ne m'avilira pas davantage à leurs yeux, et cette infamie sauvera mon fils : Vendons-nous. » J'ai su que je me dévouais « à toi, dit-il à Maximilien, qu'il fallait sauver ta jeunesse « des épreuves où la mienne avait succombé, et j'ai léché « la boue sur ton chemin; mais ce n'était pas à toi de me « le reprocher. » En vérité, avec ses antécédents, la conduite de Giboyer est si naturelle que je ne comprendrais pas qu'il en pût tenir une autre. Il a montré qu'il avait au cœur de bons instincts puisqu'il nourrissait son père : donc il aimera son fils. Il a une vive intelligence, polie par l'instruction ; donc il verra quels obstacles attendent son fils. Il sait qu'il ne peut plus se relever de sa chute : donc il se vendra pour son fils, puisqu'un nouvel opprobre, n'ajoutant rien à son déshonneur, sera la rançon de Maximilien. Et le fumier aura fait croître son lis !

La corruption de Giboyer est l'œuvre des conditions où le sort l'a jeté à sa naissance. Ses vertus découlent de la nature qui a mis au cœur de l'homme l'amour paternel. Sa conduite est la résultante de ces deux forces diverses. Changez les conditions sociales, donnez à Giboyer le moyen et l'espérance de parvenir au bien-être par le travail, et Giboyer restera honnête. Et vous voyez le renversement des lois de l'ordre moral dans l'avilissement de cette belle intelligence, dans la flétrissure de ce cœur faible mais bon ! Ah ! quand j'entends ce cri déchirant de l'infortuné déchu : « J'ai déshonoré en ma personne un soldat de la vérité; je ne suis plus digne de la servir ! » loin de me sentir troublé, je sens s'affermir en moi l'amour du bien et le courage du sacrifice. Il faut des combattants purs et sans tache pour vaincre et frapper à mort la damnation sociale. Un jour viendra où le plébéien pourra nourrir son père et son fils sans être fatalement conduit à vendre son âme et sa parole. Espère, pauvre Giboyer ! Maximilien n'est pas le seul qui ait prêté l'irrévocable serment à la démocratie. Espère aussi, malheureuse Fantine, à qui les heureux du siècle dénient ce que Dieu a donné à la femelle des brutes, *l'amour maternel !* Tu as payé de ton travail le pain de ta fille, tant que tu as eu du travail ; puis tu as vendu tes cheveux, tes dents, ta beauté pièce à pièce en te raidissant contre la main de fer de la fatalité. Marche, damnée ! ta chute n'est pas assez profonde, il faut vendre ton corps pour arracher ton enfant aux angoisses de la faim. L'amour maternel te poussait en avant, et tu ne pouvais suivre que l'infranchissable ornière, creusée par l'ignorance et la misère. Va, triste victime ! nous n'avons point pour toi des paroles de dégoût ni de mépris, mais le sentiment de la plus tendre pitié. Tu as été broyée, mais nous sauverons ta fille ; et si nous laissons la tâche incomplète, nous léguerons à nos enfants le soin et le devoir de l'achever.

L'ENSEMBLE.

« Chose étrange, aucun des caractères de cette comé-
« die, vu de près, ne peut soutenir l'examen de la critique;
« ils paraissent se briser et se défaire ; les parties incohé-
« rentes dont ils sont formés se dissolvent, et cependant,
« s'agitant tous ensemble sur la scène et mêlés par l'action,
« ils intéressent, parfois ils émeuvent, et il serait injuste
« de dire que le spectateur reste froid ou distrait en leur
« présence. Il est forcé de les écouter et souvent de sou-
« rire, alors même qu'il est irrité ou qu'il est tenté de
« leur répondre. »

Ce paragraphe est votre propre condamnation. Si les personnages n'étaient pas vrais, s'ils n'étaient que des parties incohérentes qui se dissolvent, comment pourraient-ils s'agiter, vivre et intéresser ? Tout cela est contradic-

LES ARMES NE SONT PAS ÉGALES.

« Leur répondre est impossible, et voilà le défaut capi-
« tal de cette œuvre, défaut qui n'a rien de littéraire.....
« L'article, la brochure, le pamphlet ne sont pas capables
« de répondre aux coups terribles de la comédie. Il y a
« aussi peu d'égalité entre des armes si différentes que
« entre l'artillerie de Fernand Cortez et les flèches des
« Mexicains. »

Et les Mémoires de Beaumarchais ; ces impérissables
Mémoires dont Voltaire lui-même fut jaloux ! Et la
brochure de Châteaubriand : *Buonaparte et les Bour-
bons*, qui, de l'aveu de Louis XVIII, valut autant
qu'une armée ! Et les pamphlets de Paul-Louis Courier,
qu'on lit et lira toujours ! Une brochure et un pamphlet,
écrits par la main du génie, sont des armes plus terribles
qu'une mauvaise comédie : demandez-le à un de vos alliés,
M. Clairville. Il n'y a de terrible que ce qui est bien fait.
Ce qui ne l'est pas tombe à plat et meurt aussitôt né. Qui
est-ce qui, par exemple, s'inquiète des *Ganaches?* Croyez-
vous que moi, républicain, je me sois mis en colère en
voyant la ganache républicaine ? J'ai haussé les épaules, et
voilà tout. Du reste, la peinture eût-elle été aussi fidèle et
intéressante qu'elle est inexacte et ennuyeuse, je n'eusse
point éclaté en injures, mais en applaudissements. Le poëte
comique a droit sur tous ; la calomnie seule est infâme.

LE PARTI LÉGITIMISTE EST ACCUSÉ FAUSSEMENT.

« En accusant l'opinion légitimiste de représenter les
« idées absolutistes dans notre pays, l'auteur du *Fils de*
« *Giboyer* a commis une erreur et une injustice... Il faut
« considérer le parti légitimiste, pour le condamner ou
« l'absoudre sur cette accusation si grave d'absolutisme,
« depuis le temps où il existe jusqu'à nos jours, c'est-à-
« dire depuis le début de la Restauration jusqu'au mo-

« ment où nous écrivons ; et dans cet examen il faut tenir
« surtout compte de sa conduite ; car, juger les partis sur
« leurs théories et leurs discours plutôt que sur leurs actes,
« c'est s'exposer d'une part à condamner aveuglément ce-
« lui qui agit mieux qu'il ne parle, et de l'autre à prendre
« pour le plus recommandable de tous celui d'entre eux qui
« aura le moins reculé devant le mensonge et qui aura cou-
« vert les plus laides actions des plus belles paroles. Si nous
« sommes donc justes en ce point et si nous considérons
« les actes avant tout, nous voyons la France, qui n'avait
« connu jusqu'alors que l'omnipotence de la Convention,
« la fureur anarchique du Directoire et le silence de l'Em-
« pire, mise en possession d'un seul coup, par l'avènement
« de ce parti, d'élections libres, d'assemblées souveraines,
« de ministres responsables... Pour moi, j'écoute les légi-
« timistes depuis dix ans, et quand par hasard la voix d'un
« Berryer s'élève, quand la plume de quelques-uns de ses
« amis trouve le chemin du public, je n'entends, je ne lis
« aucun mot qui ne soit plein de respect pour les libertés
« nationales et pour l'indépendance des citoyens. »

Quoique M. Émile Augier n'ait point eu l'intention de
remonter aussi haut et n'ait voulu peindre que le présent,
cependant je vous suivrai, Monsieur, dans votre excursion
historique. Je le ferai avec brièveté, en essayant de mon-
trer quelle a été la direction constante du courant légitimiste.

Lorsque l'Empire succomba, le gouvernement qui lui
succédait devait nécessairement suivre une politique oppo-
sée. Au silence de l'absolutisme, il fallait opposer les dis-
cussions d'une demi-liberté. Sans cela, la bourgeoisie se
serait écriée : A quoi bon changer ! Mieux vaut l'absolutisme avec le génie, que l'absolutisme sans le génie. La
Charte était donc une nécessité, une *machine de guerre*.
Louis XVIII, qui avait le coup d'œil juste, le comprit très-
bien. Mais les légitimistes, les vrais, les purs légitimistes,

et non pas les bourgeois ralliés par la haine du despotisme, n'ont jamais eu qu'une pensée, un but, abolir la Charte et ramener l'ancien régime. J'emprunte à un historien de vos amis, M. Émile de Bonnechose, dont le talent égale l'impartiale honnêteté, les extraits suivants. Ils prouvent, d'une manière invincible que les légitimistes n'ont pas cessé un seul instant, dans tout le cours de la Restauration, et par leurs paroles et par leurs actes, de marcher à la destruction de la liberté.

Respect des légitimistes pour les libertés. — « La chambre « *introuvable* en 1815 demanda des lois exceptionnelles qui « furent accueillies aussitôt que présentées ; l'une suspen- « dait la *liberté individuelle ;* une autre établissait la *censure* « des écrits périodiques ; des *cours prévôtales* furent insti- « tuées sans appel. »

Le but des légitimistes. — « La chambre *introuvable,* au « milieu de tant de sang (*les massacres du Midi, la terreur* « *blanche*), marchait à son but qui était : 1° le rétablisse- « ment de la royauté légitime sur ses *antiques bases ;* 2° la « formation d'administrations locales, indépendantes, or- « ganisées de manière à laisser place aux influences terri- « toriales et ecclésiastiques ; 3° la création légale d'une « puissante aristocratie territoriale ; 4° la constitution poli- « tique et financière du clergé de France. » En un mot, le *moyen âge.*

Combien il y avait de légitimistes aimant sincèrement la liberté. « M. de Chateaubriand, l'homme le plus éloquent « et le plus éclairé de ce parti, était le *seul* peut-être qui, « en s'appuyant sur la légitimité, comme fondement de « l'ordre social, voulût alors avec sincérité le maintien de « la constitution. »

La sincérité des légitimistes lorsqu'ils parlent de liberté. — « Pour renverser le ministère de l'honnête duc de Ri- « chelieu, les royalistes, dont l'intérêt le plus pressant était « de vaincre, *affectèrent un zèle ardent pour la liberté de*

« *la presse* (comme aujourd'hui) *et une grande horreur de*
« *la censure.* » Richelieu fut renversé. Le chef des roya-
« listes, M. de Villèle, forma un nouveau cabinet. « Dès
« lors le gouvernement et la Chambre des Députés mar-
« chèrent d'accord à la contre-révolution. La France était
« en droit d'espérer que ceux qui venaient comme députés
« de défendre avec tant d'énergie la liberté de la presse, la
« respecteraient comme ministres ; et pourtant un des pre-
« miers actes du ministère fut d'enlever au jury le juge-
« ment des délits de la presse, et de frapper celle-ci de deux
« mesures qui ouvraient un vaste champ à l'arbitraire :
« l'une faisait consister un délit dans la tendance politique
« d'une suite d'articles, bien que chacun d'eux, pris isolé-
« ment, ne fût point susceptible d'être incriminé ; l'autre
« permettait, en cas de circonstances graves, de rétablir la
« censure : cette loi, présentée en 1822, fut votée à une
« grande majorité. »

La manière libérale dont les légitimistes font les élections.
— Élections générales de 1824 sous le ministère de M. de
Villèle. — « Rien ne fut plus scandaleux, plus déloyal,
« plus funeste à l'autorité morale du gouvernement, que la
« manière dont les élections de 1824 furent ordonnées et
« accomplies. Des circulaires menacèrent les fonctionnai-
« res de la destitution, s'ils ne soutenaient de toutes leurs
« forces les choix ministériels : un grand nombre, pour ré-
« pondre aux vœux du conseil, eurent recours à la fraude,
« et firent preuve de la plus basse servilité : tracasseries
« de toute espèce à l'égard des électeurs libéraux, radia-
« tion et inscription arbitraires sur la liste électorale, déli-
« vrance de fausses cartes, tous ces abus furent permis,
« tous furent encouragés, récompensés même par un mi-
« nistère qui *se faisait un jeu de la corruption.* Le ré-
« sultat des élections dépassa les espérances du parti
« royaliste : dix-neuf députés libéraux seulement furent
« élus ; mais ils luttèrent avec un talent et un courage

« dignes d'une cause qui était alors celle de la France. »

C'est aux Benjamin Constant, aux Foy, aux Casimir Périer, à cette petite phalange d'hommes généreux que la France est redevable du peu de bien qui se fit sous la Restauration. Les légitimistes n'ont rien à en revendiquer : c'est malgré eux, malgré leur fureur impuissante, que des lambeaux de liberté ont pu échapper au naufrage. Aussi, dès qu'à la mort de Louis XVIII, leur chef Charles X eut monté sur le trône, le coup d'État ne fut plus qu'une question de temps et d'à-propos.

Quelle a été, après 1830, la conduite du parti légitimiste ? Dans la critique de l'*Histoire des Girondins*, M. de Lamartine, légitimiste relaps, qualifie sévèrement la guerre que cette faction fit au gouvernement de Juillet. Puisque les légitimistes aimaient sincèrement la liberté, pourquoi ont-ils cherché par tous moyens à renverser Louis-Philippe ? L'opposition des républicains se comprend : ils voulaient élargir la sphère de la liberté ; bien plus encore ! ils marchaient à l'abolition du prolétariat. Je ne sache pas que les légitimistes aient jamais demandé une réforme sociale. Comment donc expliquer leur acharnement contre le gouvernement constitutionnel de juillet ? Et leur rage frénétique contre la malheureuse république de Février, comment l'expliquer davantage ? Ils avaient entière liberté ; et Dieu sait comme ils en ont usé ! Cette forme de gouvernement, celle *qui divisait le moins les citoyens*, au lieu de la conserver tout en essayant de la corriger, ils ont remué ciel et terre pour la détruire. Enfin l'*expédition de Rome à l'intérieur* qu'ils demandaient à grands cris a été faite. La république a péri au milieu de vos acclamations enthousiastes, on ne l'oubliera pas, messieurs les Convertis !

Qui voit-on en majeure partie au Sénat et au Corps législatif ? d'anciens légitimistes. Les légitimistes sont partout : une seule chose leur manque, c'est le comte de Chambord ; et parce que l'Empereur a l'impertinence de

ne pas céder sa place à l'idole, quelques-uns d'entre eux ont
trouvé cela de mauvais goût. Ils crient aujourd'hui qu'il
pleut dans l'*édifice sans couronnement*, pieux ouvrage de
leurs mains. Comédie ! Le comte de Chambord reviendrait, que les sénateurs et les députés resteraient sénateurs et députés, et referaient les mêmes discours : il n'y
aurait en France qu'un légitimiste de plus. L'édifice resterait sans couronnement, et il y pleuvrait toujours pour
nous autres démocrates. Ce qui me laisse ébahi, c'est
l'impudence avec laquelle ces gens-là profèrent le saint
nom de liberté dans la même colonne du journal où ils vocifèrent contre MM. Renan, Littré et Taine. Les soi-disant
vaincus sont tout-puissants ; ces libéraux convaincus bannissent M. Renan de sa chaire ; ils fulminent contre
M. Littré, qui n'entrera jamais à l'Académie malgré son
immense érudition ; contre M. Taine, qui ne sera jamais
professeur à l'École Polytechnique, malgré la vigueur et
la rare pénétration de son esprit. « Ils ne sont pas catholiques. » Vraiment, Messieurs ! La liberté n'est que pour
les catholiques, *la liberté du bien*, comme l'a dit un de vos
évêques. Nous voulons la liberté pour tous, catholiques,
juifs, protestants et philosophes. Et voilà pourquoi, tout en
respectant et en aimant quelques-uns d'entre vous, nous
vous ferons, messieurs les légitimistes, sous tous vos déguisements, une guerre loyale, mais une guerre implacable.

LA FAUSSE DÉMOCRATIE.

« On peut avec le temps et l'expérience passer d'une
« nuance à une autre dans le sein de la même opinion ;
« on peut, par exemple, être indifféremment légitimiste
« comme M. Berryer, orléaniste comme M. Thiers, ou
« républicain comme le général Cavaignac. » A part quelques réserves sur les noms cités, cela est profondément

vrai. Et, en effet, les républicains et les royalistes consti-
tutionnels au fond veulent le gouvernement *parlementaire*.
Sans doute, en fait d'architecture politique, le style républicain est celui que j'aime le mieux ; mais si ce genre de
style, par suite de la difficulté des temps, ne peut être
employé dans toute sa pureté, je me résignerai à la royauté
constitutionnelle, de même que les républicains italiens
ont fait à la patrie et au temps le sacrifice d'une partie
de leur idéal. Tout homme, soit républicain, soit royaliste
constitutionnel, qui a gravé dans son cœur la devise sa-
crée : *liberté, égalité, fraternité*, celui-là est démocrate.
Ce qui avilit ce nom aux yeux d'un grand nombre, c'est
le spectacle journalier de la *fausse démocratie* qui défend
l'absolutisme à l'intérieur et l'esclavage (l'esclavage !) à
l'extérieur. La *démocratie* de MM. Granier de Cassagnac
et Paulin Limayrac ne ressemble pas plus à la *démocratie*
de MM. Vacherot, Littré, Carnot, etc., que le *chien*, ani-
mal domestique, ne ressemble au *chien*, constellation cé-
leste. Les mots ne nous font point illusion. Les faux démocrates sont des partisans de l'ancien régime : ce sont nos
ennemis naturels. Aussi, quand vous objectez, Monsieur,
à Giboyer la charte et les lois sur la presse de 1819, et
que vous lui dites avec une spirituelle ironie : *Démocrates,
faites en autant*, les démocrates vous répondent : *Nous
avons fait mieux en 48.*

LE LIVRE DE LA DÉMOCRATIE.

« Nous ne possédons pas le mystérieux livre de Giboyer,
« et nous ne conseillons pas à M. Augier de l'écrire. »
M. Augier ni Giboyer ne l'écriront pas : il est écrit et signé
de l'un des plus purs et des plus illustres noms de la démocratie française. On ne le possède pas en France, parce que en *deçà des Pyrénées* c'est un mauvais livre, mais
au delà c'est un chef-d'œuvre. Les étrangers prétendent

que cet ouvrage est le plus beau que la philosophie politique ait produit au dix-neuvième siècle. Vous ne savez pas
ce que c'est que la Démocratie, ce qu'elle veut? Ce livre
vous l'apprendra.

LA DÉMOCRATIE, LE CHRISTIANISME, LE CATHOLICISME.

« On ne peut guère se faire illusion sur le courant, iné-
« galement rapide, mais partout reconnaissable, qui em-
« porte vers la démocratie toutes les sociétés contemporai-
« nes.... Comprend-elle enfin qu'il n'est point de son inté-
« rêt ni conforme à la justice d'être en guerre éternelle
« avec la religion et d'envenimer par de constants ouvrages
« une mésintelligence déjà si funeste ; que, pour faire vivre
« librement la religion dans un état libre, il faut obtenir
« son concours volontaire, et qu'imposer à la religion
« même la liberté sans son aveu n'a été jusqu'ici possible
« à personne ; que la religion enseigne après tout, mieux
« que la sagesse purement humaine ne l'a jamais pu faire,
« à se sacrifier, à se *résigner*, à attendre, à ne point trop
« haïr la prospérité du prochain, à s'en distraire par une
« espérance plus haute, et que ce sont là les vertus dont
« les démocraties vraiment libres sauraient le moins se
« passer, puisque l'homme que la force brutale y serrerait
« de moins près doit être, s'il se peut, contenu par son
« cœur ? Voilà les questions qui se pressent sur nos lèvres
« quand l'image de la démocratie est évoquée devant nous,
« même au théâtre ; et sur aucun de ces points le langage
« de Giboyer ne nous rassure. Il lui eût été difficile, j'y
« consens, de faire sa profession de foi complète et de nous
« dire clairement tout ce qu'il veut ; mais alors pourquoi
« entamer une question dont le théâtre n'a que faire, et
« surtout pourquoi déclarer une guerre si vive à des gens
« bien plus embarrassés de s'expliquer qu'il ne peut l'être
« lui-même. »

« O la confusion des langues ! s'écrie avec raison Giboyer. Quelles sont les idées que vous renfermez dans cette expression générale *la religion ?* Il n'est guère de mots qui aient besoin plus que lui d'être analysés. C'est par la définition des termes que toute discussion doit commencer, si elle veut aboutir. Distinguons d'abord deux choses : la doctrine et ceux qui l'enseignent. La doctrine est contenue dans des livres que tout le monde peut lire, étudier. Ceux qui l'enseignent forment une corporation, que dis-je ? un véritable État. Ils ont des intérêts temporels, et voilà une nouvelle et redoutable question. Mais il est des questions que la difficulté des temps ne permet point de traiter. Vous le savez mieux que personne, vous dont le front cicatrisé saigne encore d'une récente blessure. Les lauriers n'ont point préservé votre tête de la foudre ; comment pourrais-je, soldat obscur, affronter les coups qui vous ont terrassé ? Aussi l'accusation imméritée, lancée contre le pauvre Giboyer, qui n'a pas parlé de la religion, je vous la renvoie avec plus de justice : Pourquoi entamer des questions lorsque répondre n'est pas possible ? Au reste, Monsieur, demander un traité entre la Raison et la Foi comme entre deux puissances égales, n'est pas, au point de vue catholique, d'une parfaite orthodoxie. Je vais essayer de vous retenir sur la pente de l'hérésie en mettant sous vos yeux le portrait fidèle et irrécusable des hommes qui, après un premier pas aussi timide que le vôtre, ont roulé de chute en chute jusqu'au fond du schisme. « Ces rusés artisans de « fraude, ces ouvriers de mensonges, ne cessent de tirer de « l'obscurité de monstrueuses et antiques erreurs tant de « fois déjà combattues et réfutées par de savants écrits, « condamnées par les jugements de l'Église, et s'efforcent « de les exagérer sous la nouveauté, la variété et la faus- « seté des formes et des expressions, emploient tous les « moyens pour les répandre partout. Par ces funestes et « diaboliques artifices, ils corrompent et souillent la con-

« naissance de toutes choses, distillent un venin pernicieux
« aux âmes, encouragent la licence effrénée des mœurs et
« de toutes les passions perverses, renversent l'ordre reli-
« gieux et social, s'efforcent d'étouffer toute idée de jus-
« tice, de vérité, de droit, d'honnêteté et de religion, et les
« saints enseignements du Christ, se jouent de la doctrine,
« la méprisent et la combattent.... Ils ne rougissent pas
« d'assurer que la science des choses philosophiques et
« celle des mœurs, aussi bien que les lois civiles, peuvent
« et doivent être séparées de la révélation divine, de l'au-
« torité de l'Église ; que l'Église n'est pas une société véri-
« table, parfaite, réellement libre ; qu'elle ne jouit pas de
« droits propres et inébranlables dont l'a dotée son divin
« fondateur, mais qu'il appartient à la puissance civile de
« définir quels sont les droits de l'Église et les limites dans
« lesquelles elle peut exercer ces mêmes droits... En outre,
« ils ne se font pas scrupule d'affirmer avec la plus grande
« impudence, que non-seulement la divine révélation ne
« sert de rien, mais encore qu'elle nuit à la perfection de
« l'homme, et que cette divine révélation est elle-même
« imparfaite et par conséquent qu'elle est soumise au pro-
« grès continu et indéfini qui correspond au développement
« progressif de la raison humaine. De là, ils ne craignent
« pas de proclamer que les prophéties et les miracles ex-
« posés dans les Saintes Écritures sont des fictions de
« poëtes, que les mystères sacrés de notre foi sont le ré-
« sumé des recherches philosophiques, que les livres divins
« des deux Testaments ne renferment que des mythes.....
« Aussi ces artisans de troubles, ces docteurs de pervers
« enseignements crient bien haut que les lois morales n'ont
« pas besoin de la sanction divine et qu'il n'est nullement
« nécessaire que les lois humaines soient conformes au
« droit naturel ou qu'elles reçoivent de Dieu la force d'o-
« bliger. De là ils concluent qu'il n'existe aucune loi
« divine. Bien plus, ils osent nier toute action de Dieu sur

« les hommes et le monde, et ils affirment avec témérité, en
« faisant abstraction de Dieu, que la raison humaine est à
« elle-même sa propre loi ; qu'elle est le seul arbitre du
« vrai et du faux, du bien et du mal, et que ses seules
« forces suffisent à procurer le bien des hommes et celui des
« peuples. Mais, comme ils osent tirer de la raison hu-
« maine laissée à ses propres forces toutes les vérités de la
« religion, ils accordent à l'homme une sorte de droit
« inné d'après lequel il faut parler et penser librement
« sur la religion et accorder à Dieu l'honneur et le culte
« que l'homme juge être le meilleur à son gré. » (*Allocu-
tion papale.* — *Extrait du Journal de Rome, du 10 juin
1862.*)

Quant à la résignation, une distinction analogue est nécessaire. Sans doute un bossu doit se résigner à sa gibbosité,
un boiteux à sa jambe mutilée : on ne peut rien contre les
maux physiques. Mais s'il s'agit du mal moral, la thèse est
bien différente ! On ne doit pas se résigner à vivre sans liberté ; il faut guerroyer. On ne doit pas se résigner à vivre
dans la misère et l'ignorance : *sursùm corda, en haut les
cœurs !* La résignation est la négation de tout progrès,
c'est l'immobilité dans le mal. Avec cette doctrine, les
hommes seraient encore à l'état sauvage.

Si nous jouissons d'un peu de bien-être, si la justice
commence à pénétrer dans la société, nous le devons aux
hommes courageux qui ont repoussé la résignation comme
une lâcheté. Ils ont lutté, et leurs efforts ont produit les
heureux fruits que recueillent leurs petits-fils. C'est à
nous aujourd'hui de descendre dans l'arène pour rendre
meilleure la condition morale et matérielle de nos enfants.
Oui, le courant emporte les peuples vers la démocratie,
parce que la démocratie est l'expression la plus haute et la
plus complète de l'humanité. Le prolétaire est las d'être
opprimé et de vivre dans la misère, si toutefois c'est vivre
que de mourir de faim un peu tous les jours. C'est à nous,

plébéiens rachetés de la damnation sociale, de lui tendre une main secourable et fraternelle. C'est à nous de l'arracher à l'ignorance, cette source de tout mal, en lui versant les bienfaits de l'instruction ; à la faim, cette mauvaise conseillère, en l'aidant, par l'association, à se créer une épargne et une famille. C'est enfin notre devoir de combattre sans relâche les combats du Seigneur jusqu'à ce que les derniers retranchements du moyen âge soient tombés sous nos coups ; il faut que le terrain soit débarrassé de tout ce qui s'oppose à la construction de l'édifice.

En mettant son talent au service de la grande cause, M. Émile Augier a fait une bonne comédie et une bonne action. Et vous, Monsieur, vous lui auriez rendu plus de justice si l'erreur qui vous a fait voir une *chasse aux vaincus* là où il n'y a qu'une attaque aux vainqueurs, n'avait obscurci la clairvoyance habituelle de votre esprit. Qu'importe la façon dont l'œuvre a pu se produire à la scène ? Qu'importe la foi politique de M. Augier ? Ce n'était pas à travers l'auteur qu'il était juste de contempler l'œuvre, c'est l'œuvre qu'il fallait apprécier en dehors de tout préjugé, comme si l'auteur vous eût été inconnu. La foi politique du poëte peut servir à expliquer les fautes qu'il commet, mais ne doit pas faire, sans autre examen, jeter l'anathème sur la comédie entière. La passion politique est une excellente chose ; mais combien il est prudent de se tenir en garde contre ses entraînements et son fallacieux mirage, surtout dans le domaine de l'art !

FIN.

www.ingramcontent.com/pod-product-compliance
Ingram Content Group UK Ltd.
Pitfield, Milton Keynes, MK11 3LW, UK
UKHW021026120726
13693UKWH00005B/2217